KB070235

몬테로소의
분홍 벽

글 에쿠니 가오리

1964년 도쿄에서 태어나 미국델라웨어 대학을 졸업했다. 《409 래드클리프》로 페미나상(1989), 《반짝반짝 빛나는》으로 무라사키시키부 문학상(1992), 《나의 작은 새》로 로보노이시 문학상(1999), 《울 준비는 되어 있다》로 나오키상(2004), 《잠동사니》로 시마세 연애문학상(2007), 《한낮인데 어두운 방》으로 중앙공론문예상(2010)을 받았다. 그 외 《냉정과 열정 사이 Rosso》《도쿄 타워》《언젠가 기억에서 사라진다 해도》등 많은 작품이 있다.

그림 아라이 료지

그림책 작가 겸 일러스트레이터이다. 《거짓말쟁이 달》(우치다 린타로 지음)으로 쇼가쿠칸아동출판문화상, 《수수께끼 여행》(이시즈 치히로 지음)으로 볼로냐 국제아동도서전상, 《숲의 그림책》(나가타 히로시 지음)으로 고단샤 출판상 그림책상을 수상했고 2005년에는 스웨덴의 아동소년문학상인 '아스트리드 린드그렌 기념문학상'을 수상했다. 그 외 《그럴 생각》《나의 귀여운》《해피 씨》등 많은 작품이 있다.

옮김 김난주

경희대학교 국문과를 졸업하고 동 대학원을 수료한 후, 1987년 쇼와 여자대학에서 일본 근대문학 석사학위를 취득했다. 이후 오오츠마 여자대학과 도쿄대학에서 일본 근대문학을 연구했다. 무라카미 하루키의 《일각수의 꿈》 요시모토 바나나의 《키친》 구로야나기 테츠코의 《창가의 토토》 에쿠니 가오리의 《냉정과 열정사이 Rosso》 히가시노 게이고의 《기린의 날개》 등 일본의 대표적인 베스트셀러를 번역한 우리나라의 대표 번역가다. 그 밖의 옮긴 책으로 《겐지 이야기》《박사가 사랑한 수식》《가면 산장 살인 사건》《나는 고양이로소이다》《100만 번 산 고양이》《우리 누나》등이 있다.

에쿠니 가오리 글 · 아라이 료지 그림 · 김난주 옮김

몬 테 로 소 의 분 홍 벽

예담

하스카프는 연한 갈색 고양이. 아담한 몸집에 성격은 낙천적이고 눈은 빛나는
황갈색이다.
항구 옆에 있는 서양식 집(지붕은 빨갛고 벽에는 초록색 넝쿨이 엉켜 있는 그 조그만 서
양식 집 말이다)에서 나이 든 부인과 함께 살고 있다.

다들 ─부인의 가족(멀리 살지만, 가끔 놀러 온다)과 사이좋게 지내는 부인들(근처
에 살면서 종종 들른다)─ 하스카프를 나태한 고양이라고 생각한다. 나태하다는
건 게으르다는 뜻이다. 맑은 날이나 흐린 날이나 늘 잠만 자기 때문이다. 지금
도 하스카프는 몸을 옹크리고 자고 있다.

하지만 조금만 잘 살펴보면 하스카프가 만날 잠만 자는 게으른 고양이는 아니
라는 걸 알 수 있다. 예쁜 실을 길게 당긴 것처럼 꼭 감은 눈, 사려 깊은 이마.
하스카프는 꿈을 꾸고 있는 것이다.

언제나 꿈에 등장하는 분홍 벽. 그건 정말 아름다운 분홍색 벽이었다.

아! 갈 거야, 난.

눈을 뜨면 하스카프는 늘 그렇게 생각했다. 그 분홍 벽이 있는 동네야말로 내가
반드시 가야 하는 곳이야. 왜인지는 모르겠지만.

하스카프는 어느 날, 꿈속에서 지나가는 남자에게 물었다.
"저, 여기가 어디죠?"
"몬테로소랍니다. 아가씨."
남자는 그렇게 대답했다.

"전 이 집을 떠나야 해요."

하스카프가 그렇게 말하자, 부인은 무척 놀랐다.

"떠난다고? 어딜 간다는 거니?"

"몬테로소에 갈 거예요."

그렇게 대답하는 하스카프의 눈은 이미 분홍색으로 물들어 있었다.

길을 떠나는 날, 하늘은 더없이 맑게 개었다.

"네가 떠나고 없으면 허전하겠구나."

부인은 그렇게 말했다. 정말 애틋한 이별이었다. 하지만 하스카프는 약한 모습을 보이지 않았다. 이별의 인사로 부인의 발을 날름 핥고, 항구를 향해 씩씩하게 걸어갔다. 뒤 한번 돌아보지 않고 가벼운 발걸음으로. 몬테로소에 갈 거야. 무언가를 얻기 위해서는 포기도 해야 한다는 것쯤 나도 잘 알고 있어.

그런데 하스카프에게는 딱 한 가지 걱정거리가 있었다. 만약 사자와 마주치면 어쩌나 하는 것이었다. 하스카프는 오래전부터 사자를 좋아했다. 그러니 여행 길에 사자 떼를 만나면 그들의 매력을 뿌리치지 못해 결국 어울리게 될 것이다. 그럼 몬테로소에는 갈 수 없다.

아아, 그렇게 되면 어쩌지.

그런 생각이 들면 걱정스러운 나머지 마음이 어지러웠다.

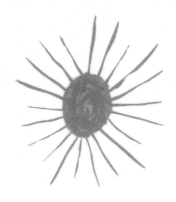

항구에는 여러 척의 배가 정박해 있었다.

"와, 멋지다!"

하스카프는 눈을 반짝이면서 바닷바람을 한껏 들이마셨다.

"아저씨, 이 배는 어디까지 가나요?"

하스카프는 하얗고 커다란 배의 선장에게 물었다.

"규슈까지 가는데."

"몬테로소를 지나가나요?"

"아쉽지만 거기는 지나가지 않아."

선장은 그렇게 대답했다.

"아저씨, 이 배는 어디까지 가나요?"

이번에는 까맣고 튼튼해 보이는 배의 선원에게 물었다.

"마닐라까지 가는데."

"몬테로소를 지나가나요?"

"그런 곳은 안 지나가."

선원이 대답했다.

오키나와, 오호츠크, 상하이. 커다란 배, 조그만 배, 중간 크기의 배. 어선, 객선, 화물선. 갖가지 배가 있는데, 몬테로소에 간다는 배는 한 척도 없었다. 하스카프는 온 항구를 돌아다니느라 그만 힘이 쭉 빠지고 말았다.

그때였다. 하스카프의 귀에 이런 이야기가 들려왔다.

"그래서 몬테로소에도 들를 거예요?"

"아니. 이번에는 안 가요. 흠, 당신은 몬테로소의 그 딱딱한 빵이 먹고 싶은 게 군."

"민망하게 금방 들켜버렸네요."

"하하하. 몬테로소에는 안 가지만 근처에는 갈 거니까 맛있는 빵을 찾아볼게 요. 그 동네 빵도 아주 맛있으니까."

돌아보니, 반바지를 입고 수염을 기른 뚱뚱한 아저씨와 두 볼이 발갛고 마른 여 자가 나란히 앉아 바다를 바라보며 얘기하고 있었다.

"저……."

하스카프는 주춤거리며 말을 꺼냈다.

"몬테로소 근처까지 간다는 말, 정말인가요?"

뚱뚱한 아저씨는 열기구 연구가였고 마른 여자는 그의 부인이었다. 하스카프가 사정을 설명하자 아저씨는 기꺼이 몬테로소 근처까지 태워주겠다고 했다.

"여행은 길동무가 있어야 제맛이지."

열기구를 연구하는 아저씨는 동그란 배를 흔들면서 껄껄 웃었다.

"이런 곳에 몬테로소에 가고 싶어 하는 고양이가 있다니, 참 우연이군."

"정말 용케 만났네요."

부인도 흐뭇한 표정으로 말하고는 발간 두 볼에 미소를 머금었다.

하늘 여행은 쾌적했다.

저기, 맛나 보이는 참새도 날아가고 있다.

하늘은 반짝반짝 개었고, 순풍까지 솔솔 불어 생각보다 훨씬 빨리 도착했다. 연구가는 의기양양해서 콧노래를 흥얼거리며 기구를 지상에 묶었다. 그동안 하스카프는 털을 고르느라 여념이 없었다.

"어이쿠."

연구가 아저씨가 이상한 소리를 냈다.

"방향이 조금 틀어졌구나."

그곳은 그리스였다.

"잘못 왔어요?"

불안해진 하스카프가 묻자, 연구가 아저씨는 헛기침을 한 번 하고는 기분이 상했다는 듯이 말했다.

"잘못 왔느냐고? 내가 이래 봬도 열기구 연구가야. 방향이 조금 틀어졌다고 말했을 뿐이라고."

"……그럼 여기가 몬테로소 근처인가요?"

"음, 근처라고 할 수도 있지. 지구는 둥그니까. 저쪽이 몬테로소란다."

"그래요?"

하스카프는 싱긋 웃고는 기구에서 폴짝 뛰어내렸다.

"태워주셔서 감사합니다. 그럼 안녕히 계세요. 부인에게도 안부 전해주시고요. 맛있는 빵을 찾으면 좋겠네요."

하스카프는 공손하게 인사하고 걸음을 내디뎠다. 보들보들한 발바닥에 닿는 촉촉한 돌길이 싸늘하고 상쾌했다. 난 몬테로소에 갈 거야.

우선은 요기를 좀 해야겠는데.

하스카프는 그렇게 생각했다. 배가 고파 죽을 지경이었으니까.

얼핏 소시지를 구워 파는 포장마차가 보였다. 맛있는 냄새도 술술 풍겼다. 하지만 자존심이 센 하스카프는 못 본 척하며 그 앞을 지나갔다. 먹고 싶다고 야옹야옹 애절하게 울어 소시지 한 토막을 얻어먹고 싶지는 않았다. 먹을거리는 제 손으로 잡아먹는 고양이니까.

하스카프는 쥐를 잡았다. 토실토실 살쩐 큼지막한 쥐였다. 참 맛있게 생겼다. 그러나 물론 그대로 먹을 수는 없었다.

쥐의 꼬리를 물고 걸어가다 보니 조그만 집의 뒷문이 나왔다. 정원사의 집이었다. 뒷문은 활짝 열려 있고, 안에서는 정원사의 부인이 요리를 하고 있었다. 마침 점심때였다.

"실례합니다."

하스카프가 말했다.

"고기 파이가 정말 맛있어 보이네요. 요리를 잘하시나 봐요."

부인은 아무 말도 하지 않았지만, 속으로는 좋아하는 눈치였다.

"그런데 그 파이, 이제 오븐에 넣을 거죠? 이 쥐도 같이 구워주시면 정말
고맙겠는데요."

"그야 쉬운 부탁이지."

부인은 그렇게 말하고, 고기 파이에 사용한 백리향과 월계수 이파리를 한 잠씩
쥐의 등에 꽂아 구워주었다.

"소금도 뿌려주시면 좋겠어요."

오후 1시, 그 집의 푸근한 석조 식당에서 정원사와 부인과 두 아이는 고기 파이
를, 하스카프는 쥐 구이를 한껏 먹었다. 쥐 구이는 껍질은 바삭한데 고기는 부
드럽고 육즙이 뚝뚝 떨어지는 정말 황홀한 맛이었다.

하스카프는 천천히 우아하게 그리고 아주 깔끔하게 먹었다. 뼈까지 요리조리
핥아먹어 토실토실 살이 쪘던 쥐의 뼈는 조개껍데기처럼 깨끗해졌다.

하스카프의 여행은 계속되었다. 몬테로소에 가야 하니까. 몬테로소에.
언덕을 넘고 강을 건너고 숲을 지나서.

어느 해 질 녘, 공원을 지나가는데 길거리 음악가가 바이올린을 켜고 있었다. 아름답고 경쾌하고 맑은 선율이었다. 하스카프의 목에서는 고로롱고로롱 소리가 났다. 난 예쁜 소리가 참 좋아. 아아, 기분 좋다.

음악가는 아름다운 곡을 연주하고는 있지만 기운이 하나도 없었다(예술가에게는 흔히 있는 일이다). 왜냐하면 그가 연주하는 곡과 사람들이 원하는 음악이 아무래도 좀 달랐기 때문이다(이런 일도 예술가에게는 흔히 있다).

사람들은 해 질 녘에는 그 시간에 어울리는 구슬픈 멜로디를 연주해야 한다고 생각한다. 애달픈 음악이 듣고 싶은 것이다.

그러나 음악가는(젊은이답게 굳건히) 사람들에게 슬픔을 들려주고 싶지 않았다. 기쁨만 연주할 수 있기를 간절히 바랐다.

마침 그런 때였기 때문에 음악가는 하스카프의 표정을 보자 무척 기뻤다.

"아아, 너."

음악가는 흥분한 표정으로 하스카프의 두 손을 잡았다.

"너는 내 음악을 이해하는구나."

"네! 정말 멋져요. 난 좋아요."

하스카프가 솔직하게 대답하자 음악가는 가슴이 메는 듯 보였다.

"부탁할게. 내 옆에 있어줘. 내 고독한 마음에는 네가 필요해."

"미안하지만……."

하스카프는 정중하게 거절했다. 예술에는 관심이 없기도 하고, 예술가는 고독한 편이 좋다는 것쯤 잘 알고 있었기 때문이다.

하스카프의 여행은 지금도 계속되었다.

동네를 지나고 다리를 건너, 몬테로소를 향해서.

비가 내리면 내리는 비를 쫄딱 맞았다. 비에 젖는 것은 그렇게 기분 좋은 일이 아니다. 깨끗한 수건과 따뜻한 방과 따끈한 우유가 기다리고 있지 않을 때는 더욱 그렇다.

걷다가 지치면 때로 자동차를 얻어 탔다. 자동차 병이라는 불치병을 앓고 있어서 가끔 자동차를 타지 않으면 숨을 쉴 수 없다고 맥없는 목소리로 말하면, 대부분의 운전자는 차를 태워주었다. 하스카프는 거짓말을 참 잘하는 고양이니까. 하지만 아픈 척하기도 귀찮을 때는 그냥 자동차 지붕에 폴짝 올라탔다.

하스카프의 여행은 오늘도 계속되었다. 몬테로소에 가야 해. 몬테로소에. 다행히 사자 떼와는 아직 마주치지 않았다.

바다를 만났다. 회색 바다다. 하스카프는 조그만 얼굴을 쳐들고 눈으로 코로 바
닷바람을 들이쉬었다. 아아, 상쾌해. 쏴르르 철썩, 쏴르르 철썩. 파도 소리에 귀
를 쫑긋거리면서 하스카프는 회색 수면 속 깊은 곳을 헤엄치는 물고기들의 모
습을 상상해 보았다. 맛있는 고등어, 팔딱거리는 정어리. 아, 저기에는 줄전갱
이가.

쏴르르 철썩, 쏴르르 철썩.

하스카프의 여행은 계속되었다.

조그만 미용실 옆을 지나가다가 유리창 너머로 안을 들여다본 하스카프는 슬프고 처량한 기분이 들었다.

부인과 함께 살던 때에는 다달이 미용실에서 몸을 깔끔하게 단장했기 때문이다. 그 청결한 냄새, 파우더의 감촉, 미용사의 가느다란 손가락. 그런데 지금 이 꼴이란.

그래도 여행은 계속되었다.

어느 늦은 밤, 하스카프가 역 앞의 큰길을 걸어가고 있는데, 벨이 요란하게 울렸다. 커다란 건물에서 소년 다섯 명이 뛰쳐나왔다. 하스카프는 그중 한 명을 뚫어지게 쳐다보았다. 태어난 지 석 달 만에 다른 집에서 데려간 동생을 닮았기 때문이다.

"야, 거기 서!"

경찰이 하늘을 향해 총을 쏘았다. 소년들은 조금 전 은행에서 돈을 훔쳐 나온 것이었다.

"안 서면 쏜다!"

하스카프는 폴짝 뛰어 경찰의 팔을 깨물었다. 도덕적인 고양이는 아니니까.

"아악!"

경찰은 놀라 자빠지고, 소년들은 무사히 도망치고, 하스카프의 여행은 또다시 계속되었다.

몇 날 며칠이 지났을까? 몇 밤이 지났을까? 지붕을 걷고, 들판에서 자고, 시장을 가로지르고, 몬테로소에, 몬테로소에, 몬테로소에.

그렇게 해서 드디어 몬테로소에 도착했다(여기가 바로 몬테로소다!). 바람이 산들산들 부드럽게 불었다.
하스카프는 곧장 벽을 찾아 나섰다. 몬테로소의 분홍 벽.

날이 밝을 무렵이었다. 하늘빛은 아직 파르스름하고 공기는 싸늘했다. 스치는 바람에 하스카프의 등 털이 화르르 날렸다. 구불구불하고 하얀 언덕길을 올라갔더니—

— 벽이다.

드디어 왔네.
하스카프는 황갈색 눈을 반짝 뜨고, 꿈속에서 만났던 벽과 똑같은 벽을 바라보
았다. 꿈만 같았다.

몬테로소 마을에 해가 솟았다. 아침 햇살이 분홍 벽에 천천히 비치기 시작하자,
하스카프는 황홀한 기분으로 '아! 화이트 와인을 뿌려 쪄낸 연어 살 같은 벽'이
라고 생각했다.

거기에서 하스카프는 며칠을 움직이지 않았다. 연한 갈색 몸을 웅크리고 부인
의 집 거실에서 늘 그랬던 것처럼 꾸벅꾸벅 잠을 잤다. 꿈과 현실의 구별이 사
라지고, 하스카프는 온몸이 녹아내릴 것처럼 행복했다. 사자 떼와 만나면 어쩌
나 걱정했는데, 정말 운이 좋은 고양이다.

아아, 역시 내가 있어야 할 곳은 여기였어. 하스카프는 분홍색 꿈속에서 ―분홍색 현실 속이라고도 할 수 있다― 그렇게 확신했다. 그즈음, 하스카프는 분홍 벽에 스민 고양이 모양의 연한 갈색 얼룩이 되고 말았지만, 물론 본인은 전혀 몰랐다. 거울이 없었으니까.

흔치는 않지만, 세상에는 몬테로소의 분홍 벽을 꼭 찾아가야 하는 고양이가 있다.

하 고 싶 은 일 은 하 고 야 말 거 야

'하스카프'는 잠자는 게 취미인, 사랑을 듬뿍 받고 자란 연갈색 고양이. 어느 날 밤, 꿈에서 본 '몬테로소의 분홍 벽'을 잊지 못하고 미지의 땅, '몬테로소'로 떠나기를 결심한다. 그렇게 고양이 하스카프의 용감한 여행이 시작되고, 더없이 사랑스럽고 불가사의하고 엉뚱한 이야기들이 차례차례 펼쳐진다.

'내가 반드시 가야만 하는 곳'이 있다는 것은, 생각해보면 얼마나 근사한 일인가. 내가 가장 원하는 것이 무엇인지를 정확히 알고, 그것을 얻기 위해 지금 당장 주저 없이 낯선 여행길에 나설 수 있는 강한 의지는 또 얼마나 듬직한가. 내 꿈을 좇고 싶다가도, 불안하거나 자신감이 없어서 쉽게 행동으로 옮기지 못하는 게 우리네 보통 인생 아니던가. 마침내 사랑하는 그것과 한 몸으로 녹아드는 행복을 누리는 고양이 '하스카프'를 어떻게 부러워하지 않을 수가 있을까. 고양이 '하스카프'를 보노라면 나도 강하고 씩씩하게 살아야지, 그리고 반드시 행복해져야지, 라는 생각이 절로 든다.

이토록 부드럽고, 따뜻하고, 상냥한 그림책《몬테로소의 분홍 벽》. 에쿠니 가오리는 이번에도 그 특유의 영롱한 아우라로 우리를 순수한 무방비 상태로 해제시켜 버린다. 누가 뭐래도 그녀는 내가 가장 반해 있는 일본인 여성 작가다.

임경선 -《자유로울 것》 저자

MONTEROSSO NO PINKU NO KABE

Text Copyright ⓒ 1992 by Kaori EKUNI

Illustrations Copyright ⓒ 1992 by Ryoji ARAI

First published in Japan in 1992 by HOLP SHUPPAN Publishing Co., Ltd.

Korean translation rights arranged with HOLP SHUPPAN Publishing Co., Ltd.

through Japan Foreign-Rights Centre/ Shinwon Agency Co.

몬테로소의 분홍 벽

초판 1쇄 인쇄 2017년 5월 1일 초판 1쇄 발행 2017년 5월 10일

글 에쿠니 가오리 그림 아라이 료지 옮김 김난주
펴낸이 연준혁

편집인 신미희
출판 5분사 분사장 윤지현
책임편집 김숙영
디자인 선인장

펴낸곳 (주)위즈덤하우스 출판등록 2000년 5월 23일 제13-1071호
주소 경기도 고양시 일산동구 정발산로 43-20 센트럴프라자 6층
전화 031)936-4000 팩스 031)903-3891 홈페이지 www.wisdomhouse.co.kr

값 12,000원
ISBN 978-89-5913-501-1 03830

* 잘못된 책은 바꿔드립니다.
* 이 책의 전부 또는 일부 내용을 재사용하려면 반드시 사전에
  저작권자와 (주)위즈덤하우스의 동의를 받아야 합니다.

국립중앙도서관 출판시도서목록(CIP)

몬테로소의 분홍 벽 / 글: 에쿠니 가오리 ; 그림: 아라이 료지 ;
옮김 김난주. ― 고양 : 위즈덤하우스, 2017
  p. ; cm

원표제: モンテロッソのピンクの壁
원저자명: 江國香織, 荒井良二
일본어 원작을 한국어로 번역
ISBN 978-89-5913-501-1 03830 : ₩12000

그림책[―册]
일본 문학[日本文學]

833.8―KDC6
895.636―DDC23   CIP2017008345